Título original: Pourquouâââ?
© EDITORIAL JUVENTUD, S. A., 2008
Provença, 101 - 08029 Barcelona
info@editorialjuventud.es
www.editorialjuventud.es

Traducción castellana: Élodie Bourgeois
Segunda edición, 2008
Depósito legal: B. 18.509-2008
ISBN 978-84-261-3464-6
Núm. de edición de E. J.: 12.003
Printed in Spain
Grinver, Avda. Generalitat, 39 - Sant Joan Despí (Barcelona)

¡Oh!... ¿Qué es?

¿Por qué?

YAËL VENT DES HOVE

¿Y POR QUÉÉÉ?

¿Y por qué, papá?

¿Qué...?

EJ Editorial Juventud

–Papá, ¿por qué lees?
–Porque me gustan las historias.
–¿Y por qué lees sobre un nenúfar?
–Porque estoy…

–¿Y por qué te gusta esta charca?
–¡Ejem….! Porque los mosquitos…
–¿Y por qué no vienes a cazar
los mosquitos conmigo?

–¿Y por qué no prefieres las moscas?
– Pues… Por favor…
–¿Y por qué te pones el libro encima de la cabeza?

–¡BASTAAA! ¡No quiero oír más preguntas! ¡Ve a preguntar a otra parte!
–Uy, uy, uy… Bueno… De acuerdo…

–¡Oh! ¿Qué es?

–Oye, ¿tú por qué
tienes unos pies
tan grandes?

–¡Es para nadar mejor!

–¡Oh! ¿Qué es?

–Oye, ¿tú por qué
tienes unas manos
tan grandes?

–¡Es para cavar mejor!

–¡Oh! ¿Qué es?

–Oye, ¿tú por qué
tienes unas orejas
tan grandes?

–¡Es para oír mejor!

–¡Oh! ¿Qué es?

–Oye, ¿tú por qué
tienes una nariz
tan grande?

–¡Es para oler mejor!

–¡Oh! ¿Qué es?

–Oye, ¿tú por qué tienes una boca tan grande?

–¡Es para comer las ranitas
que hacen tantas preguntas!

–¿Por qué?